10대,
소설로 배우는
인간관계
익힘책 |기본편

평화를
만드는
소설읽기

따돌림사회연구모임 서사교육팀 씀

작은숲

차례

▶ 익힘책의 목적

1. 학생들의 평화 역량을 길러주기 위해

2. 능동적이고 주체적인 독서 감상 방법을 배우기 위해

3. 〈10대, 소설로 배우는 인간 관계〉를 읽고 효율적인 독서를 하기 위해

▶ 익힘책의 구성

1. 기본 내용 파악하기

   질문과 해답으로 내용 이해하기, 읽은 후의 느낌 떠올리기, 소설의 플롯을 파악하기, 작

   품의 콘셉트 찾기

2. 길잡이 '이렇게 읽어 보세요' 읽고 성찰하기

   길잡이 글을 읽은 후 변화된 생각이나 성찰한 내용을 글로 표현하기

▶ 익힘책의 활용 방법

1. 익힘책의 내용은 선생님의 의도나 수업 상황, 학교급(중학교, 고등학교)에 따라 다양한

   방식으로 바꾸어서 활용할 수 있습니다.

2. 익힘책의 질문은 되도록 모두 답해 보는 것이 좋지만, 필요에 따라 생략하거나 다른 질

   문을 추가할 수 있습니다.

3. 길잡이 '이렇게 읽어 보세요'는 학생들이 평화와 폭력에 대해 성찰할 수 있는 글입니다.

   글을 읽은 후 생각의 변화에 중점을 두어 독서활동 하기를 권합니다.

4. 한 차시에 수업할 수 있는 분량은 대략 아래의 예시처럼 진행되지만, 상황과 여건에 따

   라 달라질 수 있습니다.

- 수업 예시

1 차시	〈10대, 소설로 배우는 인간 관계〉 소설 읽기	
2 차시	기본 내용 파악하기 - 1번	매 차시 활동 내용 공유, 발표하기
3 차시	기본 내용 파악하기 - 나머지 질문	
4 차시	길잡이 읽고 성찰하기	

1 차시	〈10대, 소설로 배우는 인간 관계〉 소설 읽기	
2 차시	기본 내용 파악하기	매 차시 활동 내용 공유, 발표하기
3 차시	길잡이 읽고 성찰하기	

1 평화 역량이란?

평화 역량이란 평화적 이야기, 평화적 삶을 만들 수 있는 능력을 말합니다. 이야기를 만들 수 있다는 것은 삶도 이야기처럼 바꿀 수 있다는 것으로 넓게 이해할 수 있습니다. 아이들의 삶에는 이기심과 경쟁논리, 개인주의, 위선과 허세, 소외와 왕따 등과 같은 폭력적인 문화가 깊이 파고들어 있습니다. 평화의 가치를 깨닫기 어려운 교실, 강자와 약자 구도, 갑을 관계에 익숙해진 아이들에게 평화로운 관계를 형성하게 하고 평화와 공존의 가치를 내면화시키는 것은 교육의 절실한 목적이 되어 가고 있습니다.

익힘책의 독서활동은 〈10대, 소설로 배우는 인간관계〉를 읽고 자신의 삶을 성찰하며 현실의 잘못된 점을 개선할 수 있는 의지를 북돋워주고자 합니다. 또 독서활동을 통해 평화로운 인간 관계를 배우며, 그것을 실제 삶에서 실천할 수 있는 사람이 되기를 희망합니다. 질문에 답하고, 친구들과 토의, 토론을 하며 폭넓은 사고를 키우고, 나아가 비판력과 창의력까지 자랄 수 있기를 기대합니다.

2 플롯(이야기의 흐름)이란?

플롯은 작품 속에 있는 사건들의 배열을 말합니다. 보통 이야기의 흐름은 사건이 발생되고 전개되다가 클라이맥스를 맞은 후 사건이 해결되며 마무리 됩니다. 작가의 입장에서 보면 이야기의 처음과 끝을 어떻게 할 것인가, 그리고 그 중간에 몇 번의 우여곡절을 넣어 전개시킬 것인가를 고려하여 이야기를 창작하는 것이라고 설명할 수 있습니다. 작가는 플롯 안의 사건 배열을 통해 전달하려는 메시지(콘셉트)를 담습니다.

플롯을 파악하기 위해서는 처음과 끝의 장면(사건)은 무엇인지, 그 사이에 중요한 장면(사건)은 무엇이고, 그것을 통해 작가가 무엇을 말하고자 했는지를 파악해 보아야 합니다.

3 콘셉트(메시지)란?

콘셉트란 소설의 주제를 '구체적으로 어떤 방향과 방법으로 풀어나갈 것인가'에 해당하는 개념으로 작품을 창작하는 입장에서, 작가가 전달하려는 구체적인 메시지에 해당합니다. 작가는 인물, 사건, 플롯 등을 통해 구체적으로 콘셉트를 만들어 갑니다. 콘셉트를 알기 위해서는 작가에게 누군가(또는 자기 자신이) 인생에 대한 어떤 질문이나 의문을 표시했고, 작가는 그것에 답하기 위해 소설을 썼다고 가정하면 도움이 될 것입니다. 그 질문과 의문을 찾아서 그에 대해 작가가 소설을 통해 어떤 식으로 답했는가를 찾아내는 것이 콘셉트 찾기입니다.

◆ 〈흥부전〉의 콘셉트 예시

권선징악이라는 주제에 대해 이 소설은 '가난하지만 언제나 선하게 산 사람은 언젠가는 복을 받고, 지금은 부유하지만 악하게 산 사람은 언젠가는 벌을 받는다'라는 콘셉트를 가진 것으로 볼 수 있다.

자기만 알던 거인

기본 내용 파악하기 〈자기만 알던 거인〉을 읽고 다음 활동을 해 보자.

1 소설을 읽고 나서 떠오르는 질문을 적어봅시다. 이해가 되지 않았던 내용, 의문점, 인물의 심리나 소설의 핵심 파악에 필요하다고 생각되는 내용 등을 질문으로 만들 수 있습니다. 질문을 만든 후 나름대로 답을 적어보세요.

1) 질문 :

답 :

2) 질문 :

답 :

2 소설을 읽고 나서 어떤 느낌이 들었나요? 그 이유는 무엇인가요? 이야기의 배경, 분위기, 전개 과정, 인물의 심리 등과 관련하여 느낀 감정이나 떠오른 생각을 적어 봅시다.

3 1)~2) 중 하나를 선택하여 소설의 플롯을 분석해 봅시다. (단, 장면 수는 줄이거나 늘릴 수 있다.)

1) 소설의 주요 장면을 선정하여 그림(만화)으로 표현하기

2) 소설의 주요 장면을 선정하여 글로 설명하기

[1]	
[ ]	
[ ]	
[ ]	
[ ]	

◆ 소설의 처음과 끝 사이에서 가장 중요하다고 생각되는 구절이나 장면(사건)은? 그 이유는?

4 이 소설이 전달하려는 콘셉트(메시지)는 무엇이라고 생각하나요? 한두 문장으로 표현해 봅시다.

길잡이 읽고 성찰하기 길잡이 '외로운 강자를 구한 약자'를 읽고 아래의 활동을 해 보자.

1 길잡이에서 가장 인상적인 부분이나 구절은? 그 이유는 무엇인가요?

_____

_____

_____

_____

_____

2 길잡이의 내용 중 자신의 생각과 다른 점이나 의문점이 있다면 적어 보세요.

_____

_____

_____

_____

_____

3 내가 작가라면 소설의 내용 중 어디를 바꾸고 싶은가요? 바꾸고 싶은 부분을 적고, 그 이유를
써 봅시다.

_____

_____

_____

_____

_____

4   우리가 생활하는 교실이나 사회에서도 거인처럼 외로운 강자들이 존재합니다. 이러한 사람들을 보다 따뜻하고 인간적인 모습으로 변화시키기 위해서는 여러 사람들의 노력이 필요할 것입니다. 내 주변에, 혹은 우리 사회에 외로운 강자는 없는지 살펴보고, 그들을 변화시키기 위해서는 어떤 노력이 필요한지 적어 봅시다.

_____

_____

_____

_____

_____

_____

_____

_____

_____

5   소설을 읽고 느낀 점을 바탕으로 작가나 등장 인물에게 하고 싶은 이야기를 편지 형식으로 써 봅시다.

_____

_____

_____

_____

_____

_____

_____

헌신적인 친구

기본 내용 파악하기 〈헌신적인 친구〉를 읽고 다음 활동을 해 보자.

1 소설을 읽고 나서 떠오르는 질문을 적어봅시다. 이해가 되지 않았던 내용, 의문점, 인물의 심리나 소설의 핵심 파악에 필요하다고 생각되는 내용 등을 질문으로 만들 수 있습니다. 질문을 만든 후 나름대로 답을 적어보세요.

    1) 질문 :

    답 :

    2) 질문 :

    답 :

2. 소설을 읽고 나서 어떤 느낌이 들었나요? 그 이유는 무엇인가요? 이야기의 배경, 분위기, 전개 과정, 인물의 심리 등과 관련하여 느낀 감정이나 떠오른 생각을 적어 봅시다.

3   1)~2) 중 하나를 선택하여 소설의 플롯을 분석해 봅시다. (단, 장면 수는 줄이거나 늘릴 수 있다.)

1) 소설의 주요 장면을 선정하여 그림(만화)으로 표현하기

```



```

2) 소설의 주요 장면을 선정하여 글로 설명하기

[1]	
[ ]	
[ ]	
[ ]	
[ ]	

◆ 위 장면 중 가장 중요하다고 생각하는 것을 고르고, 그 이유를 써 봅시다.

_____

_____

_____

4   이 소설이 전달하려는 콘셉트(메시지)는 무엇이라고 생각하나요? 한두 문장으로 표현해 봅시다.

_____

_____

길잡이 읽고 성찰하기) 길잡이 '우정을 가장한 불평등한 관계'를 읽고 아래의 질문에 답해 보자.

1   길잡이에서 가장 인상적인 부분이나 구절은? 그 이유는 무엇인가요?

_____

_____

_____

_____

_____

2   길잡이의 내용 중 자신의 생각과 다른 점이나 의문점이 있다면 적어 보세요.

_____

_____

_____

_____

_____

3   내가 작가라면 소설의 내용 중 어디를 바꾸고 싶은가요? 바꾸고 싶은 부분을 적고, 그 이유를 써 봅시다.

_____

_____

_____

_____

_____

4 아래 질문을 참고하여 ① 한스와 밀러의 '우정'에 대해 평가하고, ② 내가 생각하는 우정이란 무엇인지 적어 봅시다.

- 우정에 헌신이라는 가치가 존재한다면 어느 선까지일까요?
- 한스와 밀러의 우정을 진정한 우정이라고 할 수 있을까요? 잘못된 점은 무엇일까요?
- 자신이 생각하는 진정한 우정이란 무엇인가요?
- 나의 주변에 한스나 밀러와 같은 친구가 존재한다면 어떤 조언을 해 줄 수 있나요?

5 소설을 읽은 후의 깨달음을 바탕으로 작가나 등장 인물에게 하고 싶은 이야기를 편지 형식으로 써 봅시다.

어느 관리의 죽음

기본 내용 파악하기 〈어느 관리의 죽음〉을 읽고 다음 활동을 해보자.

1 소설을 읽고 나서 떠오르는 질문을 적어봅시다. 이해가 되지 않았던 내용, 의문점, 인물의 심리나 소설의 핵심 파악에 필요하다고 생각되는 내용 등을 질문으로 만들 수 있습니다. 질문을 만든 후 나름대로 답을 적어보세요.

1) 질문 :

답 :

2) 질문 :

답 :

2 소설을 읽고 나서 어떤 느낌이 들었나요? 그 이유는 무엇인가요? 이야기의 배경, 분위기, 전개 과정, 인물의 심리 등과 관련하여 느낀 감정이나 떠오른 생각을 적어 봅시다.

3 1)~2) 중 하나를 선택하여 소설의 플롯을 분석해 봅시다. (단, 장면 수는 줄이거나 늘릴 수 있다.)

1) 소설의 주요 장면을 선정하여 그림(만화)으로 표현하기

2) 소설의 주요 장면을 선정하여 글로 설명하기

[1]	
[ ]	
[ ]	
[ ]	
[ ]	

◆ 소설 내용 중 가장 인상적인 구절(장면)을 찾아 옮겨 적고, 그 이유를 써 봅시다.

4 이 소설이 전달하려는 콘셉트(메시지)는 무엇이라고 생각하나요? 한두 문장으로 표현해 봅시다.

길잡이 읽고 성찰하기 길잡이 '타인의 시선에 얽매인 삶'을 읽고 아래의 활동을 해 보자.

1 길잡이에서 가장 인상적인 부분이나 구절은? 그 이유는 무엇인가요?

2 길잡이의 내용 중 자신의 생각과 다른 점이나 의문점이 있다면 적어 보세요.

3 내가 작가라면 소설의 내용 중 어디를 바꾸고 싶은가요? 바꾸고 싶은 부분을 적고, 그 이유를 써 봅시다.

4   우리가 주로 생활하는 교실이나 더 넓은 사회에도 소설 속의 주인공처럼 남들의 시선에 얽매여 비주체적으로 사는 사람들이 많습니다. 나는 체르바코프처럼 행동한 적은 없는지, 혹은 내 주변에 체르바코프와 같은 사람들은 없는지 성찰해보고 깨달은 바를 써 봅시다.

---

5   소설을 읽은 후의 느낌이나 깨달음을 바탕으로 작가나 등장 인물에게 하고 싶은 이야기를 편지 형식으로 써 봅시다.

라쇼몽

기본 내용 파악하기 〈라쇼몽〉을 읽고 아래의 질문에 답해 보자.

1 소설을 읽고 나서 떠오르는 질문을 적어봅시다. 이해가 되지 않았던 내용, 의문점, 인물의 심리나 소설의 핵심 파악에 필요하다고 생각되는 내용 등을 질문으로 만들 수 있습니다. 질문을 만든 후 나름대로 답을 적어보세요.

> 1) 질문 :
>
> 답 :
>
>
> 2) 질문 :
>
> 답 :
>
>

2 소설을 읽고 나서 어떤 느낌이 들었나요? 그 이유는 무엇인가요? 이야기의 배경, 분위기, 전개 과정, 인물의 심리 등과 관련하여 느낀 감정이나 떠오른 생각을 적어 봅시다.

3   1)~2) 중 하나를 선택하여 소설의 플롯을 분석해 봅시다. (단, 장면 수는 줄이거나 늘릴 수 있다.)

    1) 주요 장면을 중심으로 이야기의 흐름을 그림(만화)로 표현하기

    2) 소설의 주요 장면을 선정하여 글로 설명하기

[1]	
[ ]	
[ ]	
[ ]	
[ ]	

◆ 소설의 처음이나 마지막 부분에서 인상적인 구절을 찾아 옮겨 쓰고, 그 이유를 적어 봅시다.

_____

_____

_____

4   이 소설이 전달하려는 콘셉트(메시지)는 무엇이라고 생각하나요? 한두 문장으로 표현해 봅시다.

_____

_____

1 길잡이에서 가장 인상적인 부분이나 구절은? 그 이유는 무엇인가요?

2 길잡이의 내용 중 자신의 생각과 다른 점이나 의문점이 있다면 적어 봅시다.

3 내가 작가라면 소설의 내용 중 어디를 바꾸고 싶은가요? 바꾸고 싶은 부분을 적고, 그 이유를 써 봅시다.

4 우리가 생활하는 공간인 교실에서도 소설과 같은 상황이 자주 벌어집니다. 예를 들어 학교 규칙을 어기거나 공공의 선에 위배되는 행동을 할 때 '쟤도 하는데 나는 왜 안 돼?'라는 이유로 자신을 합리화 하는 것 말입니다. 혹시 자신은 이런 경험이 있는지, 주위의 친구들은 어떤지 돌아보고, 성찰한 바를 써 봅시다.

5 소설을 읽은 느낌을 바탕으로 작가나 등장 인물에게 하고 싶은 이야기를 편지 형식으로 써 봅시다.

권구시합

기본 내용 파악하기 〈권구시합〉을 읽고 아래의 질문에 답해 보자.

1 소설을 읽고 나서 떠오르는 질문을 적어봅시다. 이해가 되지 않았던 내용, 의문점, 인물의 심리나 소설의 핵심 파악에 필요하다고 생각되는 내용 등을 질문으로 만들 수 있습니다. 질문을 만든 후 나름대로 답을 적어보세요.

1) 질문 :

답 :

2) 질문 :

답 :

2 소설을 읽고 나서 어떤 느낌이 들었나요? 그 이유는 무엇인가요? 이야기의 배경, 분위기, 전개 과정, 인물의 심리 등과 관련하여 느낀 감정이나 떠오른 생각을 적어 봅시다.

3 1)~2) 중 하나를 선택하여 소설의 플롯을 분석해 봅시다. (단, 장면 수는 줄이거나 늘릴 수 있다.)

    1) 소설의 주요 장면을 선정하여 그림(만화)으로 표현하기

2) 소설의 주요 장면을 선정하여 글로 설명하기

[1]	
[ ]	
[ ]	
[ ]	
[ ]	

◆ 소설 내용 중 가장 인상적인 구절(장면)을 찾아 옮겨 쓰고, 그 이유를 적어 봅시다.

4 이 소설이 전달하려는 콘셉트(메시지)는 무엇이라고 생각하나요? 한두 문장으로 표현해 봅시다.

1 길잡이에서 가장 인상적인 부분이나 구절은? 그 이유는 무엇인가요?

2 길잡이의 내용 중 자신의 생각과 다른 점이나 의문점이 있다면 적어 보세요.

3 내가 작가라면 소설의 내용 중 어디를 바꾸고 싶은가요? 바꾸고 싶은 부분을 적고, 그 이유를 써 봅시다.

4 '정직'이란 자신의 마음에서 거짓이 없고 꾸밈없는, 바르고 곧은 마음을 말합니다. 그러나 종종 우리는 개인 또는 집단의 이익을 위해 정직하지 못한 상황을 맞닥뜨리기도 합니다. 거짓 없는 정직한 삶을 살아가기 위해선 진실을 드러내고, 밝히는 용기가 필요합니다. 또한 정직한 말을 하는 것을 가치 있게 인정하고 수용하는 분위기가 형성되어야 합니다. 거짓보다 정직한 말이 인정받는 평화로운 교실을 만들기 위하여 우리가 실천할 수 있는 학급 규칙을 세워봅시다.

5 소설을 읽은 소감이나 깨달음을 바탕으로 작가나 등장 인물에게 하고 싶은 이야기를 편지 형식으로 써 봅시다.

나비를 잡는 아버지

기본 내용 파악하기 〈나비를 잡는 아버지〉를 읽고 다음 활동을 해보자.

1 소설을 읽고 나서 떠오르는 질문을 적어봅시다. 이해가 되지 않았던 내용, 의문점, 인물의 심리나 소설의 핵심 파악에 필요하다고 생각되는 내용 등을 질문으로 만들 수 있습니다. 질문을 만든 후 나름대로 답을 적어보세요.

1) 질문 :

답 :

2) 질문 :

답 :

2 소설을 읽고 나서 어떤 느낌이 들었나요? 그 이유는 무엇인가요? 이야기의 배경, 분위기, 전개 과정, 인물의 심리 등과 관련하여 느낀 감정이나 떠오른 생각을 적어 봅시다.

3   1)~2) 중 하나를 선택하여 소설의 플롯을 분석해 봅시다. (단, 장면 수는 줄이거나 늘릴 수 있다.)

1) 소설의 주요 장면을 선정하여 그림(만화)으로 표현하기

2) 소설의 주요 장면을 선정하여 글로 설명하기

[1]	
[ ]	
[ ]	
[ ]	
[ ]	

◆ 소설의 내용 중 가장 중요하다고 생각되는 구절(장면)을 찾아 옮겨 쓰고, 그 이유를 적어 봅시다.

4   이 소설이 전달하려는 콘셉트(메시지)는 무엇이라고 생각하나요? 한두 문장으로 표현해 봅시다.

길잡이 읽고 성찰하기) 길잡이 '부당한 권력에 대응하는 성숙한 태도'를 읽고 아래의 활동을 해
보자.

1 길잡이에서 가장 인상적인 부분이나 구절은? 그 이유는 무엇인가요?

_____

_____

_____

_____

_____

2 길잡이의 내용 중 자신의 생각과 다른 점이나 의문점이 있다면 적어 보세요.

_____

_____

_____

_____

_____

3 내가 작가라면 소설의 내용 중 어디를 바꾸고 싶은가요? 바꾸고 싶은 부분을 적고, 그 이유를
써 봅시다.

_____

_____

_____

_____

_____

4 우리가 생활하는 교실이나 사회에서도 소설 속의 주인공처럼 부당한 권력의 횡포에 직면한 사람들이 많습니다. 만약 자신이 바우와 같은 처지에 놓였다면 어떻게 처신하는 것이 성숙한 태도라고 생각하나요? 바우의 입장이 되어 어떻게 행동하는 것이 현명한 것인지 써 봅시다.

5 소설을 읽은 후의 느낌이나 깨달음을 바탕으로 작가나 등장 인물에게 하고 싶은 이야기를 편지 형식으로 써 봅시다.

잃어버린 우정

1 소설을 읽고 나서 떠오르는 질문을 적어봅시다. 이해가 되지 않았던 내용, 의문점, 인물의 심리나 소설의 핵심 파악에 필요하다고 생각되는 내용 등을 질문으로 만들 수 있습니다. 질문을 만든 후 나름대로 답을 적어보세요.

1) 질문 :

_____

답 :

_____

_____

2) 질문 :

_____

답 :

_____

_____

_____

2 소설을 읽고 나서 어떤 느낌이 들었나요? 그 이유는 무엇인가요? 이야기의 배경, 분위기, 전개 과정, 인물의 심리 등과 관련하여 느낀 감정이나 떠오른 생각을 적어 봅시다.

_____

_____

_____

_____

3　1)~2) 중 하나를 선택하여 소설의 플롯을 분석해 봅시다. (단, 장면 수는 줄이거나 늘릴 수 있다.)

1) 소설의 주요 장면을 선정하여 그림(만화)으로 표현하기

2) 소설의 주요 장면을 선정하여 글로 설명하기

[1]	
[ ]	
[ ]	
[ ]	
[ ]	

◆ 소설 내용 중 가장 인상적인 구절(장면)을 찾아 옮겨 적고, 그 이유를 써 봅시다.

_____

_____

_____

4　이 소설이 전달하려는 콘셉트(메시지)는 무엇이라고 생각하나요? 한두 문장으로 표현해 봅시다.

_____

_____

1 길잡이에서 가장 인상적인 부분이나 구절은? 그 이유는 무엇인가요?

2 길잡이의 내용 중 자신의 생각과 다른 점이나 의문점이 있다면 적어 보세요.

3 내가 작가라면 소설의 내용 중 어디를 바꾸고 싶은가요? 바꾸고 싶은 부분을 적고, 그 이유를 써 봅시다.

4   여러분의 삶에서 친구는 때로 부모보다 더 큰 자리를 차지할 것입니다. 청소년기는 부모님의 보살핌에서 벗어나 나 스스로 서서 타인과 대등한 관계를 만들어 가는, 의미 있는 존재로 거듭나는 시기이기 때문입니다. 지금까지 이어지는 여러분의 친구관계에서 ① 진정한 우정을 나눈 친구는 누가 있는지, 왜 그렇게 생각했는지 쓰고, ② 진정한 우정을 얻기 위해 극복해야 하는 것은 무엇인지 써 보세요.

5   소설을 읽은 후의 느낌을 바탕으로 작가나 등장 인물에게 하고 싶은 이야기를 편지 형식으로 써 봅시다.

하늘은 맑건만

기본 내용 파악하기 〈하늘은 맑건만〉을 읽고 아래의 질문에 답해 보자.

1　소설을 읽고 나서 떠오르는 질문을 적어봅시다. 이해가 되지 않았던 내용, 의문점, 인물의 심리나 소설의 핵심 파악에 필요하다고 생각되는 내용 등을 질문으로 만들 수 있습니다. 질문을 만든 후 나름대로 답을 적어보세요.

　　　1) 질문 :

　　　답 :

　　　2) 질문 :

　　　답 :

2　소설을 읽고 나서 어떤 느낌이 들었나요? 그 이유는 무엇인가요? 이야기의 배경, 분위기, 전개 과정, 인물의 심리 등과 관련하여 느낀 감정이나 떠오른 생각을 적어 봅시다.

3 1)~2) 중 하나를 선택하여 소설의 플롯을 분석해 봅시다. (단, 장면 수는 줄이거나 늘릴 수 있다.)

1) 소설의 주요 장면을 선정하여 그림(만화)으로 표현하기

2) 소설의 주요 장면을 선정하여 글로 설명하기

[1]	
[　]	
[　]	
[　]	
[　]	

◆ 소설 내용 중 가장 중요하다고 생각되는 구절(장면)을 찾아 옮겨 쓰고, 그 이유를 써 봅시다.

_____

_____

_____

4 이 소설이 전달하려는 콘셉트(메시지)는 무엇이라고 생각하나요? 한두 문장으로 표현해 봅시다.

_____

_____

길잡이 읽고 성찰하기) 길잡이 '참다운 용기'를 읽고 아래의 활동을 해 보자.

1   길잡이에서 가장 인상적인 부분이나 구절은? 그 이유는 무엇인가요?

2   길잡이의 내용 중 자신의 생각과 다른 점이나 의문점이 있다면 적어 보세요.

3   내가 작가라면 소설의 내용 중 어디를 바꾸고 싶은가요? 바꾸고 싶은 부분을 적고, 그 이유를
써 봅시다.

4 　여러분은 지금까지 살아오면서 거짓말을 한 적이 있나요? '정직'은 시대나 장소, 세대와 계층에 상관없이 누구나 소중하게 여기는 덕목입니다. 종종 우리는 자신에게 불리한 일이 있을 때나 난처한 상황을 벗어나야 할 때, 혹은 자기 보호나 이득을 취하려는 목적으로 거짓된 언행을 하는 경우가 있습니다. 내가 했던 거짓말과 그때의 마음이 어땠는지, 거짓말이 나와 주변인과의 관계에 어떤 영향을 끼치는지 생각해보고 성찰한 바를 적어봅시다.

5 　소설을 읽은 후의 느낌이나 깨달음을 바탕으로 작가나 등장 인물에게 하고 싶은 이야기를 편지 형식으로 써 봅시다.

밤길

기본
활동 〉 **기본 내용 파악하기** 〉 〈밤길〉을 읽고 아래의 질문에 답해 보자.

1	소설을 읽고 나서 떠오르는 질문을 적어봅시다. 이해가 되지 않았던 내용, 의문점, 인물의 심리
나 소설의 핵심 파악에 필요하다고 생각되는 내용 등을 질문으로 만들 수 있습니다. 질문을 만든 후 나
름대로 답을 적어보세요.

> 1) 질문 :
>
> _____
>
> 답 :
>
> _____
>
> _____
>
> 2) 질문 :
>
> _____
>
> 답 :
>
> _____
>
> _____

2	소설을 읽고 나서 어떤 느낌이 들었나요? 그 이유는 무엇인가요? 이야기의 배경, 분위기, 전개 과
정, 인물의 심리 등과 관련하여 느낀 감정이나 떠오른 생각을 적어 봅시다.

_____

_____

_____

_____

_____

3 1)~2) 중 하나를 선택하여 소설의 플롯을 분석해 봅시다. (단, 장면 수는 줄이거나 늘릴 수 있다.)

    1) 소설의 주요 장면을 선정하여 그림(만화)으로 표현하기

    2) 소설의 주요 장면을 선정하여 글로 설명하기

[1]	
[ ]	
[ ]	
[ ]	
[ ]	

◆ 소설의 처음이나 마지막 부분에서 인상적인 구절(장면)을 찾아 옮겨 쓰고, 그 이유를 적어 봅시다.

4 이 소설이 전달하려는 콘셉트(메시지)는 무엇이라고 생각하나요? 한두 문장으로 표현해 봅시다.

길잡이 읽고 성찰하기) 길잡이 '무기력이 가져다 준 약자의 폭력성'을 읽고 아래의 활동을 해 보자.

1   길잡이에서 가장 인상적인 부분이나 구절은? 그 이유는 무엇인가요?

---

2   길잡이의 내용 중 자신의 생각과 다른 점이나 의문점이 있다면 적어 보세요.

---

3   소설의 전개 과정 중 바뀌었으면 좋겠다고 생각되는 부분은 어디인가요? 바꾸고 싶은 부분을 적고, 그 이유를 써 봅시다.

---

4   폭력적인 상황에서 '어쩔 수 없다'는 이유로 폭력을 방관하거나 동조한 일은 없나요? 여러분이 보거나 듣거나 직접 겪었던 일에 대해 쓰고, 그런 상황에서 문제를 평화롭게 해결하기 위해서는 어떻게 해야 하는지 방법도 적어 봅시다.

5   소설을 읽은 후의 느낌을 바탕으로 작가나 등장 인물에게 하고 싶은 이야기를 편지 형식으로 써 봅시다.

오몽녀

기본 내용 파악하기 〈오몽녀〉를 읽고 아래의 질문에 답해 보자.

1 소설을 읽고 나서 떠오르는 질문을 적어봅시다. 이해가 되지 않았던 내용, 의문점, 인물의 심리나 소설의 핵심 파악에 필요하다고 생각되는 내용 등을 질문으로 만들 수 있습니다. 질문을 만든 후 나름대로 답을 적어보세요.

1) 질문 : _____

답 : _____

_____

2) 질문 : _____

답 : _____

_____

2 소설을 읽고 나서 어떤 느낌이 들었나요? 그 이유는 무엇인가요? 이야기의 배경, 분위기, 전개 과정, 인물의 심리 등과 관련하여 느낀 감정이나 떠오른 생각을 적어 봅시다.

_____

_____

_____

_____

3   1)~2) 중 하나를 선택하여 소설의 플롯을 분석해 봅시다. (단, 장면 수는 줄이거나 늘릴 수 있다.)

1) 소설의 주요 장면을 선정하여 그림(만화)으로 표현하기

2) 소설의 주요 장면을 선정하여 글로 설명하기

[1]	
[ ]	
[ ]	
[ ]	
[ ]	

◆ 소설 내용 중 가장 인상적인 구절(장면)을 찾아 옮겨 쓰고, 그 이유를 적어 봅시다.

_____

_____

_____

4   이 소설이 전달하려는 콘셉트(메시지)는 무엇이라고 생각하나요? 한두 문장으로 표현해 봅시다.

_____

_____

길잡이 읽고 성찰하기 길잡이 '짓밟힌 삶, 허망한 탈출'을 읽고 아래의 활동을 해 보자.

1 이 글에서 가장 인상적인 부분이나 구절은 무엇인가요? 그 이유는 무엇인가요?

_____

_____

_____

_____

2 길잡이 내용 중 자신의 생각과 다른 점이나 의문점이 있다면 적어봅시다.

_____

_____

_____

_____

_____

3 내가 작가라면 소설의 내용 중 어디를 바꾸고 싶은가요? 바꾸고 싶은 부분을 적고, 그 이유를
써 봅시다.

_____

_____

_____

_____

4 여러분의 주변에는 오몽녀처럼 자신의 욕망을 채우기 위해 쉽게 거짓말을 하고, 남의 물건을 함부로 탐하는 친구들이 없나요? 그런 친구들의 삶을 평가해봅시다.

5 소설을 읽은 후의 느낌을 바탕으로 작가나 등장 인물에게 하고 싶은 이야기를 편지 형식으로 써 봅시다.

점경

1 소설을 읽고 나서 떠오르는 질문을 적어봅시다. 이해가 되지 않았던 내용, 의문점, 인물의 심리나 소설의 핵심 파악에 필요하다고 생각되는 내용 등을 질문으로 만들 수 있습니다. 질문을 만든 후 나름대로 답을 적어보세요.

1) 질문 :

답 :

2) 질문 :

답 :

2 소설을 읽고 나서 어떤 느낌이 들었나요? 그 이유는 무엇인가요? 이야기의 배경, 분위기, 전개 과정, 인물의 심리 등과 관련하여 느낀 감정이나 떠오른 생각을 적어 봅시다.

3   1)~2) 중 하나를 선택하여 소설의 플롯을 분석해 봅시다. (단, 장면 수는 줄이거나 늘릴 수 있다.)

1) 소설의 주요 장면을 선정하여 그림(만화)으로 표현하기

2) 소설의 주요 장면을 선정하여 글로 설명하기

[1]	
[　]	
[　]	
[　]	
[　]	

◆ 소설 내용 중 가장 인상적인 구절(장면)을 찾아 옮겨 쓰고, 그 이유를 적어 봅시다.

4   이 소설이 전달하려는 콘셉트(메시지)는 무엇이라고 생각하나요? 한두 문장으로 표현해 봅시다.

1 길잡이에서 가장 인상적인 부분이나 구절은? 그 이유는 무엇인가요?

_____

_____

_____

_____

2 길잡이의 내용 중 자신의 생각과 다른 점이나 의문점이 있다면 적어 보세요.

_____

_____

_____

_____

_____

3 내가 작가라면 소설의 내용 중 어디를 바꾸고 싶은가요? 바꾸고 싶은 부분을 적고, 그 이유를
써 봅시다.

_____

_____

_____

_____

4   여러분의 주변에도 자신은 우월하다고 생각하여 자신보다 아래에 있는 사람들을 하찮게 여기면서 약자들을 비웃음거리로 만드는 사람들이 존재하지 않나요? 그런 사람들의 폭력에 어떻게 대응하는 것이 좋을까요?

5   멀리서 보는 사회가 아름답기 위해서는 그 속에 있는 작은 점점들의 경치. 즉, 친구와의 관계, 타인과의 관계 등 작은 것들이 아름다워야 멀리서 보았을 때 또한 아름다워집니다. 여러분 주변의 경치를 아름답게 만들기 위해서는 어떠한 노력이 필요한지 생각해 봅시다.

6   소설을 읽은 후의 느낌을 바탕으로 작가나 등장 인물에게 하고 싶은 이야기를 편지 형식으로 써 봅시다.

이런 음악회

기본 내용 파악하기 〈이런 음악회〉를 읽고 아래의 질문에 답해 보자.

1 소설을 읽고 나서 떠오르는 질문을 적어봅시다. 이해가 되지 않았던 내용, 의문점, 인물의 심리나 소설의 핵심 파악에 필요하다고 생각되는 내용 등을 질문으로 만들 수 있습니다. 질문을 만든 후 나름대로 답을 적어보세요.

1) 질문 :
_____

답 :
_____
_____

2) 질문 :
_____

답 :
_____
_____

2 소설을 읽고 나서 어떤 느낌이 들었나요? 그 이유는 무엇인가요? 이야기의 배경, 분위기, 전개 과정, 인물의 심리 등과 관련하여 느낀 감정이나 떠오른 생각을 적어 봅시다.

_____
_____
_____
_____
_____

3 1)~2) 중 하나를 선택하여 소설의 플롯을 분석해 봅시다. (단, 장면 수는 줄이거나 늘릴 수 있다.)

1) 소설의 주요 장면을 선정하여 그림(만화)으로 표현하기

2) 소설의 주요 장면을 선정하여 글로 설명하기

[1]	
[ ]	
[ ]	
[ ]	
[ ]	

◆ 소설 내용 중 가장 중요하다고 생각하는 구절(장면)을 찾아 옮겨 쓰고, 그 이유를 적어 봅시다.

_____

_____

_____

4 이 소설이 전달하려는 콘셉트(메시지)는 무엇이라고 생각하나요? 한두 문장으로 표현해 봅시다.

_____

_____

1 길잡이에서 가장 인상적인 부분이나 구절은? 그 이유는 무엇인가요?

_____

_____

_____

_____

_____

2 길잡이의 내용 중 자신의 생각과 다른 점이나 의문점이 있다면 적어 보세요.

_____

_____

_____

_____

_____

3 내가 작가라면 소설의 내용 중 어디를 바꾸고 싶은가요? 바꾸고 싶은 부분을 적고, 그 이유를 써 봅시다.

_____

_____

_____

_____

_____

4 소설 속에서 벌어지는 응원전처럼 편가르기는 멀리 있는 것이 아니라 늘 우리 가까운 곳에 있습니다. 학교에서도 나와 다른 생각을 가진 친구를 다른 편이라 생각하며 편견을 가지고 배척하는 경우가 많습니다. 내가 속한 또래 무리가 힘이 세다면 더욱더 상대를 제압하려는 이기적인 태도를 보이지요. 여러분의 학교 생활은 어떤가요? 그동안 학교 생활을 하면서 ① 편가르기를 한(당한) 경험은 없었는지, ② 집단의 이기주의로 편가르기가 발생할 때 어떻게 대처해야 하는지 적어 봅시다.

5 소설을 읽은 후의 느낌이나 깨달음을 바탕으로 작가나 등장 인물에게 하고 싶은 이야기를 편지 형식으로 써 봅시다.

태형

기본 내용 파악하기 〈태형〉을 읽고 아래의 질문에 답해 보자.

1 소설을 읽고 나서 떠오르는 질문을 적어봅시다. 이해가 되지 않았던 내용, 의문점, 인물의 심리나 소설의 핵심 파악에 필요하다고 생각되는 내용 등을 질문으로 만들 수 있습니다. 질문을 만든 후 나름대로 답을 적어보세요.

1) 질문 :

답 :

2) 질문 :

답 :

2 소설을 읽고 나서 어떤 느낌이 들었나요? 그 이유는 무엇인가요? 이야기의 배경, 분위기, 전개 과정, 인물의 심리 등과 관련하여 느낀 감정이나 떠오른 생각을 적어 봅시다.

3   1)~2) 중 하나를 선택하여 소설의 플롯을 분석해 봅시다. (단, 장면 수는 줄이거나 늘릴 수 있다.)

1) 소설의 주요 장면을 선정하여 그림(만화)으로 표현하기

2) 소설의 주요 장면을 선정하여 글로 설명하기

[1]	
[ ]	
[ ]	
[ ]	
[ ]	

◆ 소설 내용 중 가장 인상적인 구절(장면)을 찾아 옮겨 적고, 그 이유를 써 봅시다.

4   이 소설이 전달하려는 콘셉트(메시지)는 무엇이라고 생각하나요? 한두 문장으로 표현해 봅시다.

길잡이 읽고 성찰하기 길잡이 '극한 상황에서의 선택'을 읽고 아래의 활동을 해 보자.

1 길잡이에서 가장 인상적인 부분이나 구절은? 그 이유는 무엇인가요?

_____

_____

_____

_____

_____

2 길잡이의 내용 중 자신의 생각과 다른 점이나 의문점이 있다면 적어 보세요.

_____

_____

_____

_____

_____

3 내가 작가라면 소설의 내용 중 어디를 바꾸고 싶은가요? 바꾸고 싶은 부분을 적고, 그 이유를 써 봅시다.

_____

_____

_____

_____

4 아래 질문을 참고하여 ① '나'와 동료 죄수들이 '영원 영감'을 내몬 행위에 대해 평가하고, ② 학교생활에서 나(혹은 나와 나의 친구들)의 불편함을 해소하기 위해 약자를 소외시키거나 어려움에 처하게 한 적은 없었는지 성찰하고 깨달은 내용을 적어 봅시다.

     - 감옥 안에 갇힌 사람들은 모두 우리 민족들입니다. 이들이 갇히게 된 이유는 무엇일까요?

     - 만약, 영원 영감이 힘없는 늙은이가 아니라 젊은이였다면 어떻게 달라졌을까요?

     - 열악한 감옥 환경을 만든 근본적인 잘못은 누구에게 있나요?

     - 모두가 함께 살아남는 방법은 없었을까요?

5 소설을 읽은 후의 느낌이나 깨달음을 바탕으로 작가나 등장 인물에게 하고 싶은 이야기를 편지 형식으로 써 봅시다.

홍염

기본 내용 파악하기 〈홍염〉을 읽고 아래의 질문에 답해 보자.

1   소설을 읽고 나서 떠오르는 질문을 적어봅시다. 이해가 되지 않았던 내용, 의문점, 인물의 심리나 소설의 핵심 파악에 필요하다고 생각되는 내용 등을 질문으로 만들 수 있습니다. 질문을 만든 후 나름대로 답을 적어보세요.

1) 질문 :

답 :

2) 질문 :

답 :

2   소설을 읽고 나서 어떤 느낌이 들었나요? 그 이유는 무엇인가요? 이야기의 배경, 분위기, 전개 과정, 인물의 심리 등과 관련하여 느낀 감정이나 떠오른 생각을 적어 봅시다.

3   1)~2) 중 하나를 선택하여 소설의 플롯을 분석해 봅시다. (단, 장면 수는 줄이거나 늘릴 수 있다.)

1) 소설의 주요 장면을 선정하여 그림(만화)으로 표현하기

2) 소설의 주요 장면을 선정하여 글로 설명하기

[1]	
[ ]	
[ ]	
[ ]	
[ ]	

◆ 소설의 처음이나 마지막 부분에서 인상적인 구절을 찾아 옮겨 쓰고, 그 이유를 적어 봅시다.

---

4   이 소설이 전달하려는 콘셉트(메시지)는 무엇이라고 생각하나요? 한두 문장으로 표현해 봅시다.

길잡이 읽고 성찰하기) 길잡이 '가해자와 피해자의 동반 몰락'을 읽고 아래의 활동을 해 보자.

1   길잡이에서 가장 인상적인 부분이나 구절은? 그 이유는 무엇인가요?

2   길잡이의 내용 중 자신의 생각과 다른 점이나 의문점이 있다면 적어 보세요.

3   내가 작가라면 소설의 내용 중 어디를 바꾸고 싶은가요? 바꾸고 싶은 부분을 적고, 그 이유를
써 봅시다.

4   학교에서, 교실에서 벌어지는 갑질이나 을질은 어떤 것이 있을까요? 여러분이 보거나 듣거나 직접 겪었던 갑질 혹은 을질에 대해 써 봅시다. 그런 상황에서 문제를 평화롭게 해결하려면 어떤 방법이 있을까요?

5   소설을 읽은 후의 느낌을 바탕으로 작가나 등장 인물에게 하고 싶은 이야기를 편지 형식으로 써 봅시다.